こんな私でも、家族を持ち、３人になったときだけは、何の不安もなかった気がします。きっと家族のために一生懸命だったんでしょう。

人は、形式よりも心が一番大切だとずっと信じています。すべては心から始まります。勉強ひとつにしても心からだと思います。

〝心と心〟でお互い理解し合える人がいたら、最高の幸せです。

私は何度も引っ越ししては心の方向を変え、生きたことか――。

『ひとりで生きてゆけるかな』

この時代、誰もが考えていることかもしれません。

家族が何人も一緒に住んでいたら、あまり、考えないことかもしれません。

ひとりで生活してみて初めて思うことでもあります。

しょせん人はひとりで生まれてひとりで死んでいくんですよね。

私は、ひとりで生活してみるということはとっても大切なことだと思います。ひとりでなければ考えない、いろんなことを考えます。

もちろん、自由も大きいです。

いざ、このコロナの時代を経験して、さすがにひとりは心細い方が多いのではないでしょうか。

目次

第二章
結婚、子供、女の人生を生きる

第三章 今を生きる ～最近思わされること～

第一章
わたしの青春、そして生き方

ひとりで生きてゆけるかな

書くこと。が生きがいになるのであれば、ひとりで生きていけそうな気がする。

18歳で東京に出た。

赤い服を着ただけで、あの娘、すごい派手な服着て……と言われる田舎の世間の狭さ、にうんざり。

そんな自由のない所にはいたくなかった。

ちなみに、長野県上田の過疎地だった。

18歳まではおとなしく、何を考えているかわからない人に見えたようだ。

都会に出た私は、羽根を広げ飛び立った気分であった。

せめて洋裁でも身につけよう！

そう、ひとりで生きていくためにも。と、ワイシャツ作りの会社に入った。

そこで、初めてときめく恋。ドキドキして仕方なかった多情多感な19歳。

しかし、いわゆる不倫をしたのだった。

会社の玄関を少しずれた所から二人でタクシーに乗ったあのスリル感は、まるでヒロインのようで忘れることはできない。

しかしながら、理性と感情の戦い、苦しさのあまり、寮母さんに相談したのだった。

寮母さんは当時70歳で、毎晩の食事を作ってくださっていた。たまに話をするくらいだったが、寮母さんだったらきっと話を聞いてくださると思ったのだ。

毎日曜日、寮母さんは教会に通っていた。

いわゆるクリスチャンだった。

一度教会へ行ってみましょう！　と勧められ、好奇心もあり一緒に教会に行ったのだった。寮母さんとはかなり親しくなり、いろんな話をしたり、旅行に行ったりした。

50歳違いの大の友人として深く心に残っている。私に大きな夢を与えてくださった。

そんなとき、「私にしかできないことってあるかしらね？」と聞くと、随筆を書きなさいと言われたことは忘れない。

燃えていた恋も、相手の男性は25歳くらいで、奥様とお子さんもいらした方だったので、ご家族に申し訳なく思い、結局、別れた。私は19歳。ほんの4、5か月間の出来事だった。

会社も辞め、教会の紹介で住まいも勤めも変わり　ひとり生活が始まった。

新宿大久保。

「土曜は市川まで教会学校に通い、大久保に帰ってから教会のトイレそうじ」

「夜は教会に泊まり」

この生活が何年か続いた。おかげで聖書についてはかなり学ぶことができた。

20代になった私は、正直一番は結婚を夢見ていた。しかし、今話題の統一教会ではないが、牧師が決めた人と結婚しなければならなかった。ところがなかなか——、年ばかりとって、ああもう私には無理!!　と教会に通うのをやめた。住まいも変わった。

とにかく自由になりたかったのだ。しかし、やっぱりひとり生活は大変。本当にひとり。なぜか苦しく、明日があるのがいやでならない。本当に明日があるのがいやだった。言葉ではピンとこないが、心深く深く深く、底までも苦しかったのだった。

近くの病院を、3か所くらいは訪ねただろうか。

どこに行っても、「あなたは病気ではない」と言われる。また、「ひとり理解者がいれば生きてゆかれる」と言ってくださったお医者さんもいた。それでも解決にならず、〝ノイローゼ〟ではないかと様々な本を読み、著者に会いに行った事もあるが、「あなたは病気じゃないよ！」と言われ、解決にはならなかった。

仕方なく、行ったこともない、場所も知らない都内の大学病院を訪ねた。たどり着いたが終了しており、予約だけはできたのだった。

その後、神経症と診断され、少々薬を服用。何とか治療することができ、おかげで今現在に至るまで生きてこられたのだった。

自分はこれから何をして生きてゆけるのだろうか。

自分は何者なのだろうかと、三岸節子の本を読んだり、実際に近くの女流画家に会いに行ったり、ユトリロ、モディリアーニという人は、どんな人か探求してみたりした。学生時代、写生大会のときに絵を描くのはすごく楽しいと思ったことが忘れられないからだった。そんな中、紫式部の性格が割と自分に似ていることを知った。〝これだ〟と半信半疑だったが解決する気もした。思ったことを文に書くことだった。紫式部は『源氏物語』を書かれた方だが、私はどんな人物だったのか、知りたかった。人とうまく付き合うのが苦手で、ひとりを好み、書くことを生きがいにしていらした方だったようだ。私もひとりで何かに没頭できればと望んでいたのだった。

そう、あの新宿の書店でピカソの本にあった〝多くの人の誤解の上に生きている〟という言葉が、ピタ!!ときて何か救いを感じ、このひと言がずっと心に残った。

自分を、おぼろげながら見つけられた気がしたのだ。

人生は60代で終わって、いやきっと終わるだろう、それまで頑張ろうと生きてきた気がするが、すでに70歳が近く、こんなところまで来てしまった今。まだ先があるのだ。

とにかく書いてみることにしようと書き始めると、忘れていた頃のことが浮かび上がってきたのだった。

現在は夫がいるおかげでさみしくはない。だから、きちんと生きていられる。できれば本当の意味での理解者がほしい。もし本書を読んで理解していただけるのであれば、何という生きがいになるだろうか。

あなたは、ひとりで生きてゆく自信がありますか⁉

死について

26歳のとき、明日があるのがいやで苦しかった。言葉で書くのは簡単で、もちろん信じてもらえないだろうが、その苦しさとやらどうしようもなかった。
どうしてなのだろうか⁉　と、死まで考えることはなかったが、あまりに苦しいので精神科の医者を訪ねた。だが、「あなたは病気ではないです。ひとり理解者がいれば生きていかれます」と言われ、何の解決にもならなかった。他の医者へ行っても同じだった。

仕方なく郷里に帰ったが、余計苦しさがつのる気がして、死を考えた。が、私はまだ、死にたくはなかったようだ。都会生活に慣れてしまった私にとって、田舎には居場所もなく本当の理解者もなく、行きづまったように思う。

おかげで、東大病院を探し出して受診することができ、このつらさからとき放たれることができた。

誰にでも、自分に何かひとつ、これなら自信があるということ。それがある面、心の救いになる。非常に大切なことでもあると思う。

とはいえ、多情多感な若い不安定なときはどんな状況であれ、死は理屈ではない世界のように思う。

せめて『上を向いて歩こう』の如く、下を向かず、ケセラセラの如く、下ばかりみず、上を向いて生きていきたいものだ。

まるで天国から地獄――そして

部長は、何年か一緒に働いている営業の同僚だったが、いろいろと教えてもらったり、お願いしたり、何となく何でも話せる方だった。当時は一番親しかった。

その後、新宿西口のきたない古い所で、部長と私2人で事務所を持った。アポインターが4人、営業にも2人男性がいた。

独立採算制なので、部長が社長になり、私は主任でほとんどアポイントの補助だった。もともと部長には出資金がないため、私がかなりの額を出資することになった。ローンの大嫌いな、ましてキャッシングまでして……。順調に売り上げが上がればまだよかったのだが――。

男って一回は社長になってみたいんでしょうか。どうも社長の席がたまらなくいいように思えて仕方なかった。結局、私が稼ぎ頭！

毎日、壊れてしまいそうな古いトイレに入るたびに、「早く、やめてほしい」と願う私だった。

ストレスが祟ったのだろうか。ある日、家でテレビを見ていて、自分が口がきけなくなっているのに気づき、〝あぁあ、しゃべれなくなっちゃった〟、仕方ない、こうやってテレビ見て生きて行こう！　となぜか冷静だった。

それを次の日出勤して社長に伝え、すぐに医者に行き、針灸院に行った。

「私、治りますか⁉」

と口パクで医者に聞くと
「大丈夫ですよ。１か月毎日来ていただければ治ります」

と言っていただいた。とにかく毎日、４０００円払って通い続けた。おかげで治った。まるまる1カ月間だった。やっと社長は、事務所を辞める決意をしてくれた。

私には一銭もなく、社長にも全くなく。

社長は、結局平社員、ただの友人の野田さん、彼でもあった。もともと、嫌い同士ではなかったので野田さんのお母様がいる福生に夕食を食べに行ったのを覚えている。

この数日後、野田さんのお母様の体調が悪くなり、三鷹の病院に入院した。

お母様を支えながらタクシーで病院に向かったのを思い出す。お母様を支える私に、彼から「おまえならできるから」と言われた言葉がなぜか忘れられない。野田さんが私の第一の理解者であったのは事実だったのである。

数日後、お母様は亡くなった。

野田さんは非嫡出子なので、まさに天涯孤独の身となってしまった。

「オレはお金がないから、苦労するからダメだ」

と言っていたが、さすがにひとりは――。結婚しようと思ったようだった。

いろんな人によく考えた方がいいよ、と言われたものの、私も39歳、親を安心させたい。お金は何とかなる。また、野田さんのことは嫌いではなかったので、一緒になる決意をした。

マイナスからのスタートだった。

お母様はある宗教の熱心な信者で、特別なご本尊をいただいていた。

私は宗教は無理だからと彼に強く言ったものの、大丈夫だからと言われ、彼を信じた。彼自身は宗教には入っておらず、ただお母様の仏壇を守ってほしかったのだった。嫁に行った家の仏壇を守るのは、私は当たり前だと思っていた。確かそれとなく私自身の親にも教えられた気がしていた。朝晩手を合わせるだけで彼は嬉しかったようだ。それ以外宗教とのお付き合いは、ほとんど社交辞令程度のものだった。ただ、かなりお世話になってしまったので、ある程度は従うしかなかった。

とにかく、この宗教の方にはお世話になったものの、ただ少しずつお従いするのみで、何せ何のお返しもできない状態だった。私は、宗教自体に感謝のお返しをしたので、それでいいと思った。本当にありがたいとは思っていた。

よく訪ねてくださりお茶を飲んだ。2、3人が家に上がり、いろいろ子育てのことか教えてくださったり、いろいろありがたかったのも事実だが、そんなある日、さりげなく

「あなたは人のありがたみがわからないんじゃない」

と言われ、ズシーン!!　ああ――。

思わず、「どうぞ、おひきとりください」と言っていた私だった。

それでも帰ろうともしない人たちだった。心の微妙な感情を察することのできない人たちだった。

自信満々、まして、ひとりでなく大勢だから強い。ただし、〝人には言ってはいけないことがある〟。

それからは、今までニコニコしていた人たちが、みんな人が変わったように接するようになった。本当にこれは体験した本人にしかわからない話だ。母である私の苦しさに、我が子（赤ちゃん）はずっと泣いていた。もちろん、おわかりになる方もいらっしゃるとは思うが。

しかし、私はむしろ、その皆さんより上にいなければいけない気持ちで堂々としていた。

というより、そうする努力をした。

人をあまり受け入れてはいけない心の中に入れてしまった私自身にも責任があることを知り、こんな苦しいこと、こんなことってあるんだ、と思った。

だけど、どれほどの人がこの思いを理解できるのだろうかと思った。

世の中にわかる人があまりにも少ないことが、ものすごくさみしく、やるせない思いでいっぱいだった。ものすごく空虚だった。

この宗教には相談室という所があり、3人ぐらいの方と話した気がするが、本当に理解してくださったのはひとりの方だけだった。

中には、私が何を言っているのかわからないので、ただ聞くだけの人もいた。ご理解していただいた方には、感謝だった。最後に「偉くなりなさい」と言われた。が、そのときはその意味がとても理解できなかった。

このときのことを通して、心の奥底で生まれて初めて言葉ではとても言い表せない思いをしたことは事実だった。すごく私の心もやすらぎました。よく理解してくださった。確か、文学者の○○さんが好きでね!! とか、おっしゃっていた。私も自信を持って生きてゆこうと思った。

「世の中には、どんなみじめな生き方をしていても、すごく偉い人がいるんだ」

と言っていた野田さんの言葉を思い出すのだった。

わかるよ！　あなたの気持ち

こんなことがわかる。

と言ったら、被害者の方には、いや世間の人にもいたく責められる。

だからわかってはいけないのかもしれない。

被害者の方には大変申し訳ないが、私の気持ちだけ書かせていただきたい。

まずは、何年か前の秋葉原の殺傷事件についてだ。たぶんご存知の方も多いかと思う。あのとき、私がまず思ったことは、やってしまった男性の気持ちが手にとるようにわかるということだった。いやというくらいわかる自分だった。

人を殺してはいけないのだ。

すでに彼はこの世に生きていても何の意味もないと、自分を主張したかったのだろう。すでに彼はこの世の人間ではなかったのかもしれない。

そのときの私自身は、自分がせめて女でよかったと思った。彼は親にも理解されていなかった。しかし真面目な派遣社員で、収入は少なく、孤独な人だったに違いない。私は、自分との接点を感じてしまったのだった。こんなことを感じた人はいないかもしれない。いや、いるかな!! どこかにいるだろうか。

私が女でよかったと思ったのは、女はまず暴力が嫌いだということがある。人殺しまでして自己主張しない。人に物理的に害を与えるのもいやだし、特に私は心も傷つけてはいけないと思っている。

生きづらくなっている昨今。

コロナが出てからはこのような人間が余計に増えているようだ。

多情多感、これから夢いっぱいの若い人が、気の毒で仕方ない。

最近では、苦しさのあまり、女の人まで同じような行動に出ているのが現状だ。

それは、最近のあの渋谷の松濤での事件だ。

ねえ。

勇気、その勇気、他に向けてみたらどうだろう！

たとえば、真っ赤な服を着て素敵な自分に変身して渋谷の街を堂々と歩いてみる。

あの人素敵ね‼

と振り向かれたらどうだろうか。

何かが変わる。と思うんだけど——。

男だってやってみると別の世界が生まれるのではないだろうか。

そんな悪いことをする勇気があったら簡単にできる。それには、どれだけ目立って素晴らしい自分を見せるかだ。

まず、勇気を出せる自分に気がつくと思う。いや、これは自分にも何かやれそうだと気がつくかもしれない。

人を殺す勇気を、別なものに変えてみただけ。

人が何て言おうと関係ない。

自分は自分なのだから。

どうだろうか⁉

何かが、変わると思うよ。

もちろん、どうしようもない悪人罪人も、世の中にはいる。

中には、いい人なのにとんでもない悪い行動に出てしまった悲しい人もいる。悲しいかな!!

同じ罪人にしかならない。

確か昔、大阪の小学校で殺傷事件があった。あのとき、私は思った。

この小学校は名門で育ちの良いお家の子が行く学校だ。やはり加害者は貧困のために卑屈になり、不公平を許せなかったのではないだろうか。違っていたら申し訳ないが――。

同じような話で、東京大学の入学式か卒業式で、女性の偉い方が言われた「あなたたちは自分の環境に感謝しなければいけません」という言葉を忘れることができない。

そして、きれいで素直な子に育つのも環境。しかしながら、自力で、立派に東大に入る人のことも忘れてはならない。

偉そうなことを書いたが、私自身19歳の頃、「あなたには繊細の良さがある」などと言われたことがあったが、全く嬉しくなく、なお卑屈になるだけだった。学歴もなく、何ひとつ自信などなかった。やっと生きていたのだった。

いつの間にか私も39歳、親を安心させたいとやっと結婚、子供を授かった。

もし、あなたが女性なら、まず、結婚して子供を産むと少しは強くなるということを伝えたいな!!

ひとりではなくなる。

子供を守らなければならないから。

母親は強いのだ。

きっと男性も同じ。

まずは結婚をしたらどうだろうか。

子供が成長するまでの20年はあっという間だ。一生懸命である。

かなり生き方が変わる。まず、ひとりではなくなる。

子供が成長したときに親の自分を見ると、いつかしら、素敵に変わっている自分に気づくかと思う。
あのウクライナの人たちを見てほしい。
まだ、まだ、日本は平和だ。
もし、死を目前にしたら、あなたは死にたくないはずだ。
生きている。
ただ普通に生きている。
自分に感謝できるときが来るでしょう。
あなたにも使命があるのだと思う。
だから、生かされているのだと思う。
神様は、そこで見ていてくれる。

やっと始まった私の人生――人がいっぱい大都会

千葉の市川の寮の二人部屋に入る。

日本橋のメリヤス問屋の社長が同じ長野の方というだけで安心してやってきたのだ。初任給は39000円、寮費が1か月5000円で、朝夕食あり、昼は会社に食堂があるので、初めてのお給料は何に使おうか迷ったのを思い出す。

みんなミニスカート。かなり短めだった。朝の通勤電車はみごとにぎゅうぎゅうで身動きなどとてもできない。だいたい車掌さんが押し込んでやっと乗れる状態なのだ。

知らない人がピタッ!!　とくっついているが、がまんがまん。

後ろは見えないが、何か男の人のようで、手が下の方へ動いているのだ。電車がゆれる中をこれでもかこれでもかと、同じ人がくっついてくる感じがたまらなくつらかった。顔が見えないからひたすら耐えた。耐えているうちに駅に着くのだった。

しかしながら、あまりに女性の被害が多いため、今は、セクハラといってかなり取り締まられるようになった。

そして、女性専用車までできた。

それなのに、私は変かな。女性専用車は大嫌い。女は怖い、女同士の気持ちの張り合いにはとてもいやなものがある。私だけかもしれない。できれば、女性専用車には乗りたくない。

それにしても田舎のように毎日同じ人に会うことはまずない。

これが、とても気が楽で自由なのだ。

少し大人の恋そしてオフィスレディへ

その後私は、せめて洋裁ができればと、ワイシャツ会社へ転職したのだった。

今度は赤羽の寮に入り、悩み事等、寮母さんに話すことがあった。寮母さんは70歳のおばあちゃん。不倫は円満解決。私が会社を辞めることになり、二人でラーメンを食べてさよならした。二度と会うことはない。

当時教会へ行っていて、ある女性が教会に献身に入ったため、辞めた彼女に保険会社を紹介していただき、入社することができた。

最初は、銀座の古いビルだったが、次の年からは渋谷に移転、当時ではたぶん渋谷で一番高いビルだったと思う。ちょっとしたステータスを感じ、思い切りおしゃれをして出かけた。

紹介してくださった彼女は私より2つ年上で、教会では一番気も合った。とにかく人間的には素敵な人、というよりかなり聡明な人だった。

しかしながら、私は見かけだおれで、何もうまくいかず、少々苦しんだ。

私はどうも何でもできるように見えたようなのだが――何もできない――。

私の仕事は「コンピュータの用紙の全管理」。当時は、キカイ科と言って、コンピュータで事務処理が何でもできるようになり始めた頃だった、なぜかキカイ室はかなり冷房がきつかった。

とにかく、領収書の用紙がなくなると大変で課長はいつもそればかり気にしていた。しかしながら、仕事は仕事。課長は大久保の近くのマンションに住んでいたので一度お邪魔したこともあった。

やりがいのある仕事で、取引する印刷会社は4社あり、私の所に挨拶に来てくださった。

また、用紙のレイアウトが変わるときには、いろんな課の担当の方が、私に電話してくださり、私が印刷会社に用紙のここが変わりますよと伝えていた。

そのうちに課長が代わり、私はひとりで昼休みも過ごすことが多くなった。自分探しのために、ひとりで本を読んでいることが多かったが、その新しい課長はやけに本の中身を覗くなど興味を持っていた。

ふと、お互いに気があると感じる瞬間があったが、課長はうまくかわしてスルーするようになった。ひとり暮らし、自分探しにだんだんと行きづまっていく私だった。

私は大久保でひとり住まいが始まっていて、ひとりの寂しさを痛いほど感じたのはこの頃。以前の彼の言葉ではないが、弱いと思った。

私にも彼氏ができた

その頃はナンパと言って、通りがかりの男が女を誘ってくることがあった。男二人女二人。それが一番誘いやすかったのかもしれない。私たちも負けじと、江戸川で誘われ、４人で銀座で夕食を食べたことがあった。

お互いカップルになり、お付き合いが始まった。私の彼は、市川に下宿している学生で、ある日レンタカーを借りて銚子までドライブに出かけた。

「もっと強くならなければダメだよ」と言われ、「はっ、私は弱いんだ！」ビックリ。

こう言われたのは初めてだった。自分がよくわからなくてつらかった。車から流れる『喝采』の歌が余計に私の心をしめつけた。

彼は25歳、ある大学のきたない学食でタンメンを一緒に食べた。今考えるとまるでカチクのえさのようだったが、そんなぜいたくを言っては叱られてしまう。

あの頃は、学生運動で看板が門の前に並んでいた。決して男前とかではないが、夏休みは実家の天草から長い手紙をよく送ってくださった。

自分のことを小生小生と言ってはきれいな字を書く人だった。

今思うと、彼は割に物事をわかっている人だったように思う。

一年ほどで私が会社を辞めたので会わなくなったが、彼が結婚してからもずっと年賀状だけはくださった。

幸か不幸かは心がすべて——幸せは心の安寧

幸せとは、よくよく考えると心が穏やかでいられることではないかと私は思います。

その上、満ち足りていたら最高です。

いくらお金持ちでも、何もすることがない、楽しくもない、心が空しかったら、さ

み し過ぎますよね。本当にお金に不自由がなくても幸せとはいえません。

いくら健康であっても、心が空の空、何の生きがいも持てないのであれば、決して幸福とはいえません。穏やかではないですよね。

きっと、ご病気の方もいらっしゃるでしょう。早く良くなっていただきたいと願うばかりです。

きっと身体が痛かったり、かなり心の葛藤があったり、苦しいと思います。偉そうなことを書きましたが、お許しください。

ご病気でも、心の穏やかな方は、幸せなのではないでしょうかと思います。

人の心が穏やかであることが幸福のすべてと言っても過言ではないくらい、それは大切なのではないでしょうか。

もし、戦争をしていたならば、穏やかな気持ちなど一時もないですよね。

噂に振り回されてはいけない

これだけ噂が飛び交う時代、噂どころではない、現実が怖い世の中です。

自分を信じること、私は私――。この想いが、大切だと思います。

ただ、孤独にはなりたくありません。だからせめて、人と仲良く、うまく世の中を泳いで余生を過ごしたいと思うこの頃です。

知名度があったりすると大変ですよね。小さなひと言がとんでもなく大きな噂になる。

残念ながら、良い噂は数少ない。

そう考えると、人ほど怖いものはありません。

〝思いやり〟の心をもう一度思い出し、人の心を大切にした方がいいのではないかと、本当に強く思います。

神様はいつも見ておられる。と私は思っております。

おしゃれのすすめ

眠れないな!!

と思ったら、私の場合は〝おしゃれ〟。

何着て行こうかな!!　に頭をチェンジすることにしています。

いつの間にか眠っていて気がついたら朝です。もしかして、男性女性関係なく、おしゃれな人は、これも大事な楽しみで、ストレスを発散する方法でもあるので、長生きの秘訣のひとつかもしれませんね。脳の刺激になりますよね。

また、自己表現のひとつですよね。

時には武器にもなると思っています。

昔、30代の頃、会社にスーツばかり着ている彼女がいて、とってもきれいな方なのに――、もったいないと思い話をしてみたら、何を着てよいかわからないから、スーツしか着ないんだ、と言ってたのが印象的でした。

スーツも最高に素敵ですけどね。

会社に行く女性はもちろん、自分なりのおしゃれをすれば、男性もワイシャツ1枚で気分は上々になると思います。

私の大好きな、やっぱりこの店にはかなわないと思っている店がある。古着やさんだが、海外の物が多く、特にイタリアの製品は素晴らしい。

私は立川にあるこのお店の初めてのお客様だったらしい。オーナーさんは、初めてお店を持たれたらしく、「どうですかね？　どんな感じですかね～？」と少々不安そうに聞かれたが、「とんでもないですよ。すごくいいですよ」と私は言ったのだった。

それから、東大和に移られてしまった。遠いのだが、とにかく安いし、まずは、他にないデザイン、物もいい、色もいい、というわけで毎年行かずにはいられなくなった。

今はかなり遠いが、それでも行く私。

やっぱりイタリアの洋服は素晴らしい。

買ってくるとすぐに着てみては、ファッションショーが始まる。何もかも忘れ、ただ鏡の前で、5時間も6時間も、時には夜中の3時まで、洋服の着こなしを楽しむのであった。

その店は、スカーフをくださったりするので、スカーフは山ほど持っている。スカーフひとつで、洋服が生きることもある。

かなり大きな楽しみのひとつになっている。

私のしまむら

しまむら。と聞いて、おわかりいただけると思う。

時々、新聞の広告に素敵なデザインの服が載っている。そのときは、とにかく安いのだから買おうと思う。だがすぐに売れてしまう。

昨日広告にあったジャンパースカートを、もうないだろうと思いつつ、もしあったら買おうと行ってみた。

どうも、もう見当たらない。無理かな⁉ と思いつつ、よく見ると、あったのだ。

ビックリ‼

何だか、私のために残ってくれていた思いがした。サイズもOKで、残っていたのは、普通の人に気づかない所にあったからだった。

待っていてくれたんだと、かなり自己満足。

時々、しまむらに素敵な服が現れる。

そのときは何としても手に入れたいと思う私なのである。

女の美しさとは

〝女は苦労させないで蝶よ花よで育てた方がいい〟

世の中には知らなくていいこともある、という考え方。まさに昭和そのもの。

その方が美しく育つ。

というように言われていた時代がある。

できたら、誰もが、そんな環境にありたい。と、思う節もある。

親の転勤のため海外で教育を受けた「帰国子女」という言葉もよく言われた。英語が堪能になり、ある意味の知性も加わることができる。

蝶よ花よの環境だけではなく、もちろん自らご自身がつちかった才能で輝いている女もいる。より美しいに違いない。

私は時々思ってしまうのだが、アナウンサーなどはお嬢さん、お坊ちゃんの世界に見えて仕方ない。間違っていたらごめんなさい。

結局、何を申し上げたいのかというと、いい環境で育った人はその環境に感謝した方がいいのではないかということである。世の中には様々な人間がいるのだからせめて高飛車にはならないでいただきたい。

ただ、どんな環境であっても、心のある人になることだけを願いたい。

心のわかる女が一番美しい。

単なる私の嫉妬《しっと》でしょうか。

しかしながら、女には化けられる楽しみ、特権がある。

知性が表面に出る。

変身できる。まさに生きる力となる。

だから女性の方が長生きするのかもしれないと思う。

音楽を聴きましょう

好きな音楽でいいと思います。

ちなみに私は、バロック音楽が一番好き。ＮＨＫ－ＦＭの番組は、朝とってもいい感じで心を和らげてくれます。

ずっとその世界にいたいくらいに落ち着きます。

たぶん今も朝ＦＭで放送しているのではないでしょうか。

30代のひとりの生活のときなど、夜元気を出すために松田聖子の『マイアミ午前5時』を聴いた。ものすごく活気があり、踊りながら、元気をつけてたときもありました。テンションが上がります。マイアミに行った気分になります。

そういえば高校時代、教室にいるとき、『或る日突然』というトワ・エ・モアの曲が急に流れビックリ!!

もう高校生ともなれば、その歌詞の意味は誰にも理解できますし、あのアクシデントは頭にしっかり残ってます。要するにあのときは、みんなが夢を描いた時間だったと思います。良い時代でした。


音楽は、不思議です。

娘の卒業式などは涙が出て当たり前のシーンなのですが、音楽が流れたとたん目がうるうるしてきます。

心を自由にしてくれるのでしょうか!?

私は、本当につらく苦しいときは、昔でいうレコードのB面の『生きてりゃいいさ』

をカラオケで歌います。涙が出てきます。あとは『秋桜』かな。今は100歳近い母を思い出しては歌いぐっと込み上げてくるものがあり、目をうるませます。

こちらはどなたもご存じですよね。

音楽は、音楽にしかない癒しがあると思います。

茶道のすすめ

私は20代のときに、初めて裏千家の茶道を習いました。

この落ち着きは何だろうか!!

茶道の魅力にのめりこみました。

あの時間はとっても大事な時間だった気がします。昭和の時代は、現代に比べれば世の中もかなり平和でした。だからこそ、あの茶道にのめり込む素晴らしさを味わうことができたともいえます。うまく言い表すことはとても難しいのですが、あのお湯

をひしゃくから落とす音とか、何とも言えない、無の世界に入っていけると言うんでしょうか⁉

ものすごく落ち着くんですよね。ものすごく。

ただ、続けたかったのですが、お金が必要になりますね。

ちょっとお道具が高い。

少々問題ですよね――。

あんなに素晴らしい世界、現代に生きる人ほど、大事なのではないだろうかと、つくづく思います。

是非、一度は試みてほしいです。

むしろ、もっと気軽に安価にできればいいなと思います。

あまり気楽でもね……。そこのところは、難しい。

皇室

皇室で育つことができたら、上品でいかにも育ちのいい感じの人になるだろう。その反面、私たちには見えない心の葛藤がありそうにも思うが、あまり葛藤などない方もおられるのだろう。

実は、若い頃、一般参賀に行ったことがある。

皇室の方が皆さんによく見えるように2階から手を振っておられました。

なぜ、上を見上げて、旗を振らなければならないのか⁉

私にはどうしても理解できずにいた。

同じ人間なのに、なぜ下から見上げて、日本の旗を振らなければならないのか。この年になっても正直理解に苦しむのです。

政治家等のお偉い方、皆さんも、やっぱり上を見上げて旗を振るのでしょうか。

私のようにこんなことを考える人がいるでしょうか。

災害にあわれた人が皇族の方に手をとって励ましていただき、同じ目線でお話していただき、感動した。と涙しているのをテレビで見たことを思い出します。

私は直接お会いしたことがないから、わからないのかもしれませんが――。

ただ、心のおわかりになる方のようには思います。が、やっぱり、あの旗だけは、私はご勘弁願いたいです。

あの戦争で、人はなぜ〝天皇陛下バンザイ〟と言って死んでいかなければならなかったのだろうか。

私にはよくわかりません。

きっと私と同じ考えの人もいると思うのですが――。

第二章

結婚、子供、女の人生を生きる

夫は天国へ

夫は、入退院を何度くり返したことか――。

あるとき、女のお医者様が、看護師がしてはならないことをしたらしく、私のケータイに電話をしてきて「その看護師は誰でしたか」と聞かれ、私はもちろん名前も知らず、「それはそちら様のことであって名前などわかりません」と生意気にも言い返したこともあった。正直、「お医者様でも女性は――」と思ってしまった。どの看護師がそれを指示したとか、しなかったとか、あまりにもつまらない会話であったからだった。本当に、これはお医者様側の責任であり、私に聞くことがおかしいと思った。

本人は胃ろうをいやがったが、強制的に手術となった。

挙句、空いている病棟がないからと、八王子の山奥の病院に移され、本人も私も、観念するしかなかった。あまりに遠く、駅から病院専用の車に乗り30分はかかった。仕事をしながらで、なかなか毎日行けないのが心苦しかった。

夫は、毎日来てほしい様子だった。

もはや治療する病院ではなかった。

ある日、食べてはいけないプリンをほしがるので、食べさせてしまい、ひどく看護師に叱られた。が、「家族ですから、お許しください」と言うと、夫は「おまえらしくていい」と言ってくれた。

主治医の方にも注意されたが、「すみませんでした」と謝るしかなかった。

そして2週間ほど経った頃だっただろうか。夫は逝ってしまった。

思えば、立川で透析10年。

娘が20歳になるまでは生きていたいと願っていた。ちょうど20歳の誕生日が過ぎた

12月の末だった。

ひとり涙しかない。バスの中。

外には不思議ときれいな虹が2重にかかっていたのだった。

『これでよかったんだ』と思い、何となく落ち着くのだった。

あなただったらどう⁉

お医者様に金一封を渡すとよく診ていただけるそうなのだが、本当だろうか。友達に聞いたら、それは仕方ないことでしょう‼　と当たり前の如く――。

「私は渡してあるから大丈夫」と当たり前のように言う人もいる。

私は、お医者様は公平に診てくださると信じたい。

外国では「先生は何回ぐらいこの手術をなさったことがありますか?」と直接、患者から聞くそうだ。日本では、それを聞いては先生に対して失礼だという考え方から、聞くことはしない。

それこそ人からまわりまわって聞いて、それが嘘か本当かわからないが、そのまま信じて命を預けることになる。もちろん何年もお世話になっているのだから、そのまま先生を信じる人が多いだろう。

ある人から聞いたことがある。手渡された金一封はお偉い方が受け取り、手術は若いお医者様がしてくださったという話だった。

あなたはどう思われるだろうか。渡すだろうか⁉　金一封。

生きるということ

世の中には何も考えず、ただ、何となく生きている人もいる。

考えてはいるのだろうが、それはそれでいいと思う。

ある人は、ああどうしようかと苦しんでいるのかもしれない。

また、楽しくて楽しくて毎日をわくわくして生きている人もいるだろう。人、様々。

ちなみに私は、苦しさにぶつかると、引っ越ししたり、勤めを辞めてみたりした。数えたら10回ほどは引っ越しただろうか。そのような人は、けっこう多いのではないだろうか。それにしても運送業の親戚にはかなりお世話になり、有り難かった。

しかしながら、生きてゆくこと自体がつらくなると、これは大変である。自分自身の心の中を説明することすら大変なのだ。近親者から理解してもらうのもかなり難しかったと記憶している。

天下の東大病院の医師を見つけて足を運ぶことで、前に進むことができた。近くの病院に何度か相談するも「あなたは病気ではないです」と全く相手にはしてもらえず、東大病院へ行くことにした。場所がわからず、人に聞きながら、歩いてやっとたどり着いたのを覚えている。

少しでも、これを読んでいただき、力になれることができればどんなにか幸いかと思う。

残酷すぎる現実

何事においても、女はひかえめが美徳とされ、黙っていた方がいいとされています。おかしな考え方は、いつの時代も変わりません。今現在になっても変わらない女性像が日本にはありますね。

今は高齢社会、ひとり暮らしの高齢女性がどんなに大変な生活を強いられているのかご存じでしょうか。もちろん個人差はあると思いますが、70歳、80歳になってまで働くのは酷だと思います。中には働けるまで働く、これが最高の幸せという方もいらっしゃいますが、3つも4つも仕事をしたくはないですよね。

正直、同じひとりものでも高齢男性はお金を持っていて、女性はかなり貧困の人が多いということはどういうことなのでしょうか。

正直、政府に聞いてみたい気がしたりもします。ひどすぎです。

もう70歳にもなったら好きなように余生を送りたいもの。

弱い、まして65歳以上の女性が、ひとりさみしく細々と何とかやりくりをして生きています。

食べ物も節約、すべて節約、想像できますか。

想像してみてください。

まさに高齢者社会。特に都会に、どれほどの女ひとり、もちろん男性もいらっしゃるでしょうが、貧しい生活をせざるを得ない世帯の方がいらっしゃるかご存じでしょうか。

そういった点では田舎には子供と一緒に住んでいる方が多い。「老いては子に従え」と昔の人はいいことを言っています。

年をとっても、子供にお世話になり、うまく生活しているように思います。

まさに、私の母も子供と住み、96歳で元気です。少し余談になりましたが――。

ただし、いったん都会に出ると、なかなか田舎に戻り生活できるものではありません。田舎の人も、すべての人が、うまくいっているわけではないと思います。

熟年結婚も、ひとつの道ですが、かなり費用がかかります。結婚にたどりつくまでは、なかなか難しいのが現実です。

人間は物ではないのです。男性と女性が一緒に暮らせばいいという問題ではないのです。ただ、現実に、そういう道もあるということです。かなりの覚悟が必要ですし、そう簡単なことではありません。

ちなみに私は、何とかハードルを乗り越え、おかげで今は夫に感謝しております。

しかし、政府は何か考えるべきではないでしょうか。私自身、前夫を失い、ひとりになったとき、正直、もう生きていたくないと思いました。

これは体験して初めて知ることです。

何か考えるべきです。

何か考えてください。お願いします。

非常に大切なことです。是非検討してほしいです。

これでは、なかなか女性が活躍できる世の中にはなりにくい点が、多々ありすぎるかと思います。

夫がいないと、いざ引っ越すときに、敷金を返してくれなかったり、上から雨もりしても、男がいないだけで泣き寝入りするような世の中がまだ続いているのは変ではないでしょうか。女がひとり者になると、なかなか大変です。ちなみに私も夫がいなくなったあと、家の敷金をなかなか返してもらえず、しらばっくれられたのです。私は訴訟を起こして返してもらいました。

ある会合で知り合った彼

ある日、会合の仲間の一人、小岩にあるお宅にお邪魔した。ソファで横の男性が私の手を握ってきた。それから何と言われたかは忘れたが、交際が始まった。国学院の聴講生だった。同じ年。

ただ、仲間の中にあだ名が仙人と呼ばれていた少し変わった人がいて、彼から、「情に棹させば流される」と言われたことを忘れない。

しかしながら彼との出逢いは私には素晴らしいことだった。彼はもちろん、家族が素晴らしかった。吉祥寺に住んでいて、お父様は京都大学出の方。彼には2人兄がいて、3人兄弟、皆慶応大学を出てらした。お兄様2人は立派だったが、私の彼は当時仕事をしていなかった。お母様は彼と結婚してほしかったようで、私の母を東京まで呼び、喫茶店で会い、まずは結婚ではなく交際を了解してほしいという話をしているようだった。が――。

ただ、私たちは、ニコニコ楽しいだけだった。

ちょうど、松田聖子の「青い珊瑚礁」がはやっており、私たちも夢でいっぱいだった。井の頭公園の向こう側に家があり、――家に初めて行ったとき、鉄板で焼き肉を焼いてくださった。お母様のすべてが素敵だった。またデパートで上と下とどっちがいい？　と洋服を買ってくださり、いまだに大事に着ている。

しばらくして、保険会社を辞めざるを得なくなり辞めた。そのため、姉の誘いもあり、しばらく田舎へ帰ることにした。

2年ほどいたが、すっかり都会に慣れてしまった私に居場所はなく、よくよく考えた末、彼の家の近くに住み、また東京ではばたこうと、再び上京したのだった。

かなり思い切りが必要だったが、こうするしかなかった。

田舎に帰っていた2年間、すっかり家族にお世話になり、有り難かった。とくにアルバイト先に毎日送ってもらった義理の兄には感謝している。30歳で再上京。

彼のご両親は、西新井に少し広いマンションを購入していたのだった。そこに彼は同居、彼の家族のそばの西新井に私はアパートを借り近くなのでさみしくもなく、お母様も好意的だった。仕事はゴルフのアポの仕事を始めた。彼の家族には本当にお世話になった。

京都、伊勢神宮にまで連れて行っていただき、また歌舞伎にも2回ほど連れて行っていただき本当にありがたかった。いい日本の文化に触れることもできた。

荻窪のご次男のご夫婦に初対面のときなど、荻窪の中華料理店で、鯉と言えば、鯉こくしか食べたことのない私だが、鯉の中華料理には恐れ入った。わざと家族と仲良くするよう私を紹介してくださったのだった。

お正月。荻窪のご次男の家に集まり、お母様は「めぐみさんはいつも借りてきた猫みたいになっちゃうのよね」と笑っていたっけ!! ご次男夫婦はお医者様だった。あまりに、私の育った環境と違うので、とまどうこともあったのだった。

日曜日は私も休みなので、彼とよく映画を見に行った。有楽町の映画館で、『プリティ・ウーマン』とか、『ゴースト　ニューヨークの幻』とか良かったなー!! 喫茶店めぐり、オルゴールというお店、薔薇屋とか、素敵だった。

特に黒沢明監督の『夢』は素晴らしかった。確か当時は喫茶店のマッチ箱を集めるのがはやっていた。たまには彼の好きな能楽堂にも行った。私にはさっぱりわからなかった。一番の思い出は、阿佐ヶ谷の喫茶店かな!?

10年はほぼ、お付き合いというより、夜も彼の家に行っていたので、いつもいっしょにいた。

私はまだまだ子供だったのかもしれない。

仕事は、教材のアポインターから営業に変わった。お母様は反対していたのだが、どうしても営業をしてみたかったので、自分の意思で決め営業を始めたのだった。自然と彼の家に行く回数も少しずつ減ったが、今まで通りの生活が続いた。

「お母さん」と私だけ呼んでいたのを、他のお嫁さんと同じように「お母様」と呼ぶようになっていた。「めぐみさんまで『お母様』って呼ぶんだから」と言っていたっけ。

ご家族には大変お世話になり、感謝してもし切れない。私の人生の中で非常にいい体験として心に残っている。

人対人の距離

人とのお付き合いは、距離がすべてと言っていいほど大切だと思います。

あまり心を許しては駄目な人、いい人。

大事な人でも時々は離れてみると、余計に大切な存在であることが確認できたりして——。
私が特に声を大にして言いたいこと。
相手にこれ以上言ってはいけないことをわきまえること。
言いたいことをすべて言ってしまったら相手の心はズタズタ！
人を傷つけてはいけないと思います。
相手の心の微妙な感情を察してあげられる優しさが大切です。
難しいです。
あげく自分も傷つきますものね。
心の機微をわかってあげること。
すごく大切なことだと思います。

夜逃げ

よくよく考えてみれば、仕事をしていない彼と、この生活をずっと続けたとしても、家族がいるのでお金に困ることはない。しかしながら、まさにお人形の如く何の意思も持たない空の人生になってしまうような気がした。結婚しているわけでもないのだから、もちろん、子供を産むこともできない。

人間的にこのままではよくないと思うようになった。会合で知り合った、仙人というあだ名の人が言う通り、情に流されてしまうと思った。また、飛び立たなければ――。自分一人ではどうすることもできず、どうしても女性には心を許せないので、男性の相談相手を考え、どうやって飛び立ったらいいのだろうかと相談したが、一人パスされた。

仕方なく、同僚の野田さんに相談することにした。仕事も一緒で、心許していた人だったからだった。少々勇気がいったが、何でもよく相談に乗ってくれる方なのはわかっていた。

何とか相談を受け入れてくれ、マンション探しに二人で出かけるのだった。しかし今思うとこんなことよくやってくれたと思う。今度は、少し離れた鷺宮に住まいを決めた。また引っ越し！　何度目だろうか。

ただし、「オレはお金がないからいっしょになっても苦労かけるから無理だけど」と野田さんはそのとき言っていた。すでにお互い気はなくはなかったのだった。

そして翌日、引っ越しだが、できるだけ小さく荷物をまとめ、赤帽に頼み、残った物は便利屋に頼んだ。西新井の彼には告げなかった。野田さんは帰りが遅いので、夜の方がいいということで、本当に夜逃げになってしまった。鷺宮に着くまで涙でいっぱいだった。ピンクのソファとか、絨毯《じゅうたん》は置いてくるしかなかったが、ソファには、いつまでも心残りがあり、本当は持っていきたかったが、仕方なかった。

ところで、西新井の彼は――。

案外冷めていた。私はあまりにさみしいので電話をしたのだった。

「おまえもう少しいれば、九州までいっしょに行けたのに」

と言っていた。そして、もう二度と電話をすることはなかった。お母様からはいく日かして長い手紙が届いた。私の実家宛だった。住所がわからないので、実家に送ってくださったのだった。「行ってみたらもぬけの殻」から始まる手紙だった。かなりビックリなさったご様子、お父様も、怒っている様子だった。

ただ、私にはどうすることもできず、このような行動に出るしかなかった。実家に帰り、その手紙を見て、半日こたつにあたり顔をふせて泣いていた。ちょうど35~36歳の頃だった。

まるで離婚同然、野田さんだけが頼りだったが、結婚は無理、できないと言われたのだから――。結婚パーティーとかに出て、気分をまぎらわしたりしていたが、なかなか……。さみしさは極まり、夜も眠れず、ビールは苦くて飲めず、最悪。

離婚とはこういうことなのかな!? と思わされた。

ただ、仕事は続けた。仕事だけは順調だった。連休が来てもさみしすぎて、野田さんと伊豆に行ったりしていた。会社のグアム旅行も少し身体がむくんでいたので行きたくなかったが、とにかくさみしいので、ひとりでいるのが怖かったため、野田さんにくっついてグアムに行った。飛行機も隣り。

海外旅行はもちろん初めてだが、全然楽しくなかった。ただ、初めての経験が多くあり、すべていい体験になった。いつだったか、その後、香港にも会社で連れて行ってもらったが——。日本より遅れている感じがした。

海外では何か得るものがあるのではないかと好奇心もあって、同行させていただいた。ちょうど台風で飛行機が欠航になり、一泊余分に泊まった。朝、太極拳をしている人が印象的だった。

苦労

生きていたら、誰もが何かしらの苦労をしている。ただ、苦労とひと言で言っても非常に難しい。

たとえば、同じことを苦労と思う人と思わない人がいるから、結局は心の持ち方というか、その事柄の捉え方によると思う。

あの人は苦労人だとか、私は苦労したと言っても、私には申し訳ないがピンと来ない。確かに話を聞けば、「なるほどね」と大変だったんだなと思う事柄は、それぞれ沢山あるのだが――。要は比較対象にはならない。比較するものではないと思う。

それが当たり前だと思って生きている人もいる。また、大した苦労ではない事柄をものすごく大変なこととして受け止めてしまう人もいるに違いない。心の受け止め方がみんな違うのだから仕方ない。

人は離れているととかく誤解が生まれやすく、理解し合うことは難しい。近くにいても難しい。つまるところ、心、が大切で、心の持ち方、思いやりの心が大切だと思う。

心のものさしは、みんな違う。

〝頑張る〟を知っている人

私自身は恥ずかしながら勉強はしてこなかったに等しい。

いろんな仕事をしていると、この人は勉強を頑張ってきた人なんだな！　という人に出会う。すごく良い大学を出た人だったりして――。

残念ながら、社会と勉強は少々ズレている所もあるように思うが、頑張る力は学校で頑張った人にはかなわないと思う時がある。

その時の私は、残念ながら頑張り不足を認めざるを得なかった。

「まあ、頑張るといっても様々」

頑張れる時に頑張ればいいと思う。

旅行って!?

これまでいく人かの女性たちが、北海道から九州まで、あらゆる所に行ってきた、と話してくれた。

また、海外のあそこにも、あそこにも行ってきたと、かなり満足げに話すのだった。

もちろん楽しかったのだろうが、何が良かったのか、よくわからない。

申し訳ないが、そう話す彼女たちに、人間的大きさを今ひとつ感じることができなかった。悪い人ではないのだが、それにしては、ちっぽけな話題が多かった。私だけがそう思ったのかもしれない。

私は、つい旅行って何だろうか。と考えてしまった。

何か得るものはあるのだろうか!

私自身は本当は泊まりの荷物が面倒。ただ、食事だけは、いただけるのはいいかな!

と思うが――。簡単に言うと、あまり出慣れていない。

こんなにいろんなものを見たり聞いたりしてきたら、人間的にも少し大きくなる。

と信じてきたが――。

この方たちの話を聞いて、いったい旅行って何なのだろう。

目的もなく行っても、意味ないのではないだろうか。

ただの自己満足っていうこともありなんだな!!

と思わざるを得なかった。

気分転換にはなっても、人間的成長には、なかなか縁遠いのだ。と断定せざるを得なかった。

正直、まだよくわからない。

旅行はあなたにとっては、どんなものだろうか?

いろんな所に行かれている方に、すごいですね、とちょっぴり思う節もあるのだが
……。

もしかしたら、私は旅行に対して、少し間違った考え方をしていたのかもしれない。

気分転換ができれば充分ですよね。

また、旅行と言っても様々。心に大きな感動があったらどんなにか素晴らしいと思う。

結婚してみた

また、ひとりの生活に戻り、さみしさがつのるばかり。

野田さんは、とにかく結婚しろ、離婚してもいいからというので。野田さんの言うことを信じて――。

ひとり、パーティーで知り合った人がいて、無理やり、結婚に踏み切った。

仕事をしてもいいという条件ものんでくれた、練馬の方だった。確かあちらの方も年だったので、式など挙げず、籍だけ入れた。

お母様は優しく、何でも許してくださった。

確か、あの家には24時間風呂というのがあり、本人は長男で、財産もあるようで、私のしたいようにさせてくれた。私の親は初めての結婚ということで式とかも考えていたようなので、たぶんかなり家族を困らせてしまったようだ。練馬から毎日出勤し、新宿のある喫茶店で野田さんと待ち合わせるのだった。

普通ではとても考えられない生活。お相手、そしてお相手のご家族には大変申し訳なかったと深くお詫びを申し上げたい。

私は、何だか、身体も心もスッキリしてきていた。だが、もうこの結婚はおしまい。1カ月で終わらせた。とんでもないパフォーマンスで、私は元気になったのだった。

不思議とビールもおいしくなり、全く健康な自分自身になっていたのだ。

そして今度は、中野のブロードウェイを出た所にあるオートロックのワンルームに住むことに。お金がいくらあっても足りず、大変だったが、なぜか心と身体は、正常になった。

全く、野田さんのおかげだった。

あんなにいい所に住まなくてもよかったのに、野田さんは住まいだけはいい所にこだわっているように思えた。

今の若い人の結婚はなぜ

ひとりの方が楽だから、と結婚願望を持たない人が増えているように思う。

ただ、私が勝手に思っているのだが、女性は若いときは結婚したいと思っている方が多いのではないだろうか。いつの間にか30歳、まだあの人も独身だし、私もいいやひとりで。なんて決めつけているのではないだろうか。男性は、若い頃は仕事に夢中で、30歳になり、やっと仕事も板についてきて安定した頃に、そろそろ結婚したいと願う方も多いようだが。

まあ、理由は様々なようである。

ただ、つまるところ、ひとりの方が楽、という理由が大きいようだがどうなのだろう。

私が勝手に思っていることだが、何か問題が起きると、とかく男性が悪者にされる傾向が強いようである。

誰が悪いのかもわからない満員電車の中で痴漢をしたと勘違いされて、とんでもない被害を受けている男性がいると聞いたことがある。

そんなことから始まり、ある面男性は女性より弱い立場にされてしまったような気がする。

そのへんも理由のひとつではないだろうか。

ナンパも簡単にはできないのではないだろうか。

男性だってゴタゴタするよりは平穏無事を望むのは当然である。

良く言えば、自立して生きていきたいと願う女性が増えているのではないだろうか。

男も女も近寄ることに躊躇《ちゅうちょ》していては、恋心など、忘れてしまいそうな現代……。

そこまではいかないのかな⁉　なかなか難しい。

ただ、若い人だけの責任ではなく、日本全体、社会が作ってしまった環境ではないかと思う。他、思いもよらない時代現象だろうか。

ご近所のおばさんもお世話したくてもできないですよね。

できるだけ、うまく紹介し合うのがいいのではないだろうか。

女性も男性も結婚を望んでいる人はたくさんいると思う。

「ねえ、いい人いないかしら」「いい人いない!!」

と、女性からも男性からも、ねえ、『よかったら紹介して』と言ってみたらどうだろうか。

もちろん、ご自分の好きな方がいらしたら、人生は一度だけなので勇気を持って伝えてみてね。女性からでも、いいではないだろうか。

何とか助け合って、生きていけるといいのではないかと思う。

一生ひとりではさみしい、というより何か物足りなさを感じてしまうのだが——。

余計なお話だったら、ごめんなさい。

恋愛結婚をお望みの方

恋愛の経験はどなたにも少しはおありかと思う。しかし、現実に交際し、結婚までたどり着くとは限らない。

昔はよく『結婚は人生の墓場』とか言う人もいた。要は、恋愛しているときは幸福でいっぱいだが、いざ結婚となると現実にはきびしい面があるということなのではないだろうか。

これはひとつのブラックジョークでしかないように思う。まあ『結婚』は人生の大切なことだと心していた方がいいとでも言おう。そんな感じでいいと思う。

もちろん、何も気にせず、ゴールイン。めでたく結婚して幸福になられるのは当然のように思う。

まずは、この人とずっと一緒にいたいと思っている方がいたら、ご結婚なさるのが一番かと思う。

永らく、幸せであってほしいと願うばかりだ。

結婚生活そのものは、お二人で育てていかれるものではないだろうか。

迷わずに、結婚しよう。

夫婦

夫は大切にしていただいて、いつもいつも一緒は疲れてしまうから、人間ですもの無理なこと。

自分の居場所を作ることが大切だと思います。

ひとりの空間がどれほど大切なことか――。

時々そこで落ち着かれるのがいいかな!!

とつくづく思う。ちなみに、私は図書館の窓側に、一人ひとり区切られた静かな場所、2階なので風に揺れる木を眺められる、心休まる場所を見つけました。

本当にこの人と幸せになりたいと覚悟を決め、一緒になったわけだから、仲良く暮らしたいですよね。しかしながら、もし壁にぶつかってしまったときもありますよね。長い人生ですもの。もしこの人とずっといっしょにいたい、と心から願うのであれば、自分自身が変わるしかないと思います。

いつも笑顔が一番、そして平常心、穏やかでいることでしょうか。

自分が変わるということはすごく大変なことです。まずはお相手の気持ちを理解することが一番大切なことかと思います。

言葉でわかっている人はいるようだが――。

そう簡単なことではないと思います。

これが、できると人間はかなり成長できると思います。

より寛大な心を持てる一歩ということでしょうか。意思と覚悟が大切だと思います。

離婚

ひと言で言っても理由は様々でしょう。

暴力を振るわれるとかでしたらもう離れるしかないですよね。

『価値観の違いで』とよく言いますがこの言葉自体はかっこ良く聞こえますよね。ただ、よーくお考えになられた方がいいのではないかと思います。

本人には大きなお世話かもしれません。きちんとした経済力のある女性には。はなはだおせっかいになるかとも思います。が結婚からの離婚は、いくら経済力があっても別に考えた方がいいのかなと思います。ちなみに私は、本当の意味での離婚経験はないので、よくわからないともいえます。ただ、永く連れ添ったお相手と別れるのはかなりのエネルギーが必要な場合とそうでない場合があるのではないでしょうか。ただ、私が言いたいのは、価値観の違いだけの理由だったら、考えた方がよろしいのではないでしょうか、と思います。

価値観はひとつ、ふたつ、同じものがあれば充分かと思います。何だかんだ、年とともに価値観も変わってきます。長く連れ添ったお二人だったら、余計もったいないって思います。が、いかがでしょうか。

ただ、根底には食事を作ることの大変さがあるのではないかな!?　と思います。

昔の男性は特に台所のできない人が多いですよね。

お願いですから、ご主人も何か料理してみてください。案外楽しくなったりしてね。きっと離婚はとりやめになります。ゆくゆく、どちらかが、ひとりになってもお二人とも安心です。いいことだらけ。

まあ、私の勝手なおせっかいかと思いますが、若い方も、価値観だけの理由だったら、よーくお考えになられた方がいいと思います。全部が全部価値観の合った人なんていませんからね。

いろいろと、ご事情はおありかと思います。お料理も、他いろいろなことも、分担して仲良くやっていくのが一番かと思います。

ただ、ご事情のある場合その時は仕方ありません。

結婚して補い合った方がいい

実は最近、「この人は独身だろうな」と思っていた男性がいた。ところが、しっかりした奥様がいらっしゃると聞き、私はとてもいいことなのではないだろうかと微笑ましく思った。どうも日本人は、あの人もまだだし、と人の様子を見ながら動くようなところがある気がする。

まあ、みんなが皆、そういうわけではないが、そのような人が多いように思う。

結婚にかかわらず、何事に関しても人と同じがいい!! というような、変な習慣があるように思う。

人と人の関係が、冷ややかにならざるを得ないこの時代、どんなカタチでも、ひとりではない方がいいと思う。

年齢関係なく、ひとりはさみしいどころの話ではないのではないだろうか。

一人より二人。片方が弱かったら相方が補えばいいのではないだろうか。

その方が、豊かさはもちろん、心身とも健康に生活ができ、前を向いて歩いていけるのではないかと私は思う。もちろん自由である。

お見合い結婚

昭和のお見合い結婚はかなり良かったと思う。

お家柄を調べるなど、周りの大人がお膳立てしてくれるから、スムーズに進む。間違いがないともいえる。

親の言う通り。親の言うことを聞いてお見合いし、結婚している人はいろんな面で守られ、安全だともいえる。

だから、自然と結婚できる。

一番幸福な道なのかもしれない。

今の時代も、こういった結婚が同意のもとで許されるのであれば、大いに賛成!!

あの昭和のお見合いは、おごそかでわくわく、ドキドキ、そして奥ゆかしい。

あんなに素敵なお見合い結婚はないともいえる。

このようなカタチの結婚だと家族全体が幸福なのではないだろうか。

そして子供の数も増えると思う。

もしかして、このような結婚を望んでいる年頃の方もいらっしゃるのではないだろうか!?

今ひとつ、結婚に踏み込むことができない、でも結婚したい、と願っておられる方が多いのではないだろうか。

結婚する人が少なくなった理由は、お見合いをしなくなったこともあるのではないかと思う。

こんな時代だからこそ、みんな助け合い、結婚できるように、おごそかなお見合いを是非なさってみてはいかがだろうか。

みんなで幸福をつかみに行った方がよろしいのではないだろうか。いかがなものだろうか。

子育てにマニュアルはない

子供は好きではなかった。また、もう年も40歳なのであきらめていたが、授かることができたのだった。もう、女である以上産まなければ、と。歩くときも流れてしまわないように、足元にかなり気を使っていた。

自分の子供が産まれてくるのだ。私の子なのだ。子育ての自信など全くない。ただ、あの人も育ててるし、あんな人までやれることだったら私にもやれないわけはないと自分に言い聞かせるのだった。

8か月まで仕事をしていたのに、安産で生まれた。女の子だ！

母と上の姉が、遠い長野から来てくれた。母はすでに70歳で大変だったのではなかっただろうか、と今になってつくづく思う。

余計なことかもしれないが、出産は病気ではない。そんなに親しくもない方に入院している病室まで来てもらって何だが、こんなときは来てほしくないと正直思った。赤ちゃん友達もでき、10歳ほど年下のママ3人と付き合った。

当時は、公園デビューとかの言葉があった。私は言葉を知る前からすでにデビューしていた。しかしながら、ずっと外に仕事に出ていたので、私が元気な方が子供も元気に育てられるだろうと単純に思い、1歳から保育園に預けた。夫の帰りが遅いので、母が帰ってからは、赤ちゃんをお風呂に入れるのが不安だった。

要するに『赤ちゃんをきれいにしてあげればいいんだ』と、頭を切り替えた。おかしな話だが、台所の食器洗いの水切りする四角いおけ、おわかりになるだろうか。大きさとしてはおぼれることもなく安全に身体を洗ってあげられると思い、畳の部屋にレジャーシートを敷き、小さいお風呂を作り、毎日洗ってあげたのだった。

夫の実家は福生なので、福生で産んで育てたのだった。2軒長屋で見るからに貧しそうな家だった。

こんなこともあった。私が高熱を出し、日曜だったが受診すると、「肺炎なので入院しなければ、生命の保障はない」と言われた。が、入院せず、ぜいぜい保育園の送り迎えをしたっけ。でも、何とか、生き抜いてこられた。

そんな中、夫も嬉しかったようで、営業の仕事で得た１００万円を帯のまま、持ってきたことがあった。男としても、子供が産まれることは大変嬉しいことなんだと、思った。

とにかく、一生懸命だった。

いろんなことがあり、もうこの福生は――。

と思っていた所、夜遅く電話があった。立ち退きしてほしいという電話だったのだ。

ビックリ!!

いくらいりますか？　と漠然と言われ、夫に相談して90万円いただき、福生から立川に引っ越すのだった。

念願叶い、二人でどれほど、喜んだことか、不思議な出来事だった。

賃貸だが、しっかりしたマンションで、まるで夢を見ているようだった。

子供は親の知らないところで成長している

18歳までは親の目の届く所に、かろうじている気がするが――。

しかしながら、学校生活をすべて見ているわけではない。

学校での我が子はどんな性格で、何を考えているのかなかなかわかりにくい。

まして社会に出て家を借り、別の地域で生活していたなら、全く別世界の人となってしまう。

人と何を話しているのか――!!

どんな人間性を持っているのか――!!

それさえ、なかなか親でもわからない。

もしかして、わかっている親もいるのだろうか、いやすべてわかることは難しいと思う。

全く別の道を歩き、全く別の人といるわけだから仕方がないともいえる。

同じ時間に同じ所を歩き、同じことをしている人はこの世の中にいない。みんな別々の人生となる。

ひとりの人間として。

親は、子供が何歳になっても、「大丈夫だろうか⁉」と心配ばかりしている。

やはり、分身だからだろうかと思う。

この思いは、子を持った親にしかわからない。

いずれにせよ、子供は親の姿を見て育つ。親はそれなりにしっかり生きていかなければならないと思う。

だからこそ、最低限のしてはいけないこと、してもいいことぐらいは親として伝えなければならないのではないだろうか。

成長した我が子を久々に目の前にしたとき、ふと安心する。

いてくれてありがとうと言いたい。

私の親もまた、本当の私を知ることは難しかったと思う。

ただ、感謝だけは忘れたくない。

この子はちょっと！　という子がいたら……

私の親は、私を育てるのがとっても大変だったようだ。

ついこの間、ある友人に「後ろで、苦労したって言っている男の人が見えるよ」と言われ、「えっ」と亡き夫が私に言ってくれているのだと思い込み、わかっていてくれてありがとうという気持ちだった。

実はその友人は、普通の人には見えない霊が、場合によって見えることがある、という不思議な方だった。

ところが、いく日か経って、夫とは言っていなかったことに気づき、「もしかして、父親ではないだろうか」と思うようになり、気になったので、その友人に誰が言っていたのか聞くと、「お父様だよ」と言う。やっぱりだった。

「お墓参りに言った方がいいよ」と言われ、即日、お墓参りに向かう私だった。

兄弟でも性格は全く違いますよね。

親にとっては、親の言うことを聞く子のほうが育てるのは楽かもしれない。しかしながら、この子にはどうしてあげたらいいのかわからないというとき、「この子は何が好きなのだろうか!?」と、親独自のお考えで、さぐりをなさってみてはいかがかなと思う。

もし、その子が何が好きなのか見えたとき、その子に合った方向に進めさせてあげたら、いかがだろうか。

その子も、もしかしたら他の誰にも得られない素晴らしい人生を獲得することができる可能性がある。

その子自身も苦しむことなく、親としても苦しむことなく、その子にしかない人生の一歩を踏み出せる。

何かひとつ、この子にはこれがあれば生きていかれる。

その『何か』がそういった子にとっては大切のように思う。

この子は……と少し思われたら、その『何か』をあてがってあげると、親としては、御の字ではないかな!!　と私は思う。

そして、やがて親としても夢を膨らますことができるようになるのではないかと思う。

第三章

今を生きる〜最近思わされること〜

結婚、出産はいい

結婚すると険が取れる、とよくいわれるが、まさに、私がそうだった。ひとりで頑張って生きているのが大変で、やはり突っ張って生きていた。

顔が和かくなるのだ。子供を産み落とすことにより、よく毒素が抜けるといわれるが、本当にいかにも女性らしい和かさが出るようだ。

子供を産んだあと久々に会った友人から、あれ、「あなたってこんなに綺麗だったたっけ」と言われた。

テレビの女性アナウンサーを見ても、結婚してから顔つきが変わる方がちらほら目につく。

　ということで、私としては、女性はできたら子供を産んだ方がいいと思う。子供の世界を知ることによって視野が広がる。もちろん、一度は結婚してみた方がいいと思うのだが――。経験が増え、人間的に成長できると思っている。もちろん自由である。

なぜ私ってこんな人？

　幼い頃から変わっている自分を少しは自覚していた。いつも何事においても『なぜだろう』と心に自分で聞いていた。

　姉と仲良しの今日子ちゃん、私と同じ高校になり、通学に誘ってくれるのだが、話すことがなく、いつも気を遣っていた。不思議というかなぜだろうとばかり思った。性格が合わないのかと決めつけていた節《ふし》もあった。どうも自分には変わったところがあるのではないかとばかり思って、生きてきた気がする。自分自身がわからないから自分を出すのが怖い⁉　いや正直自分の出し方がわからなかった。

そんな私は、親に、むずかしや、むずかしやと言われ育ってきたのは覚えている。確かに親も大変だったのだろうと思う。

心の中にはものすごく燃える情熱があった。小学生の頃から自分自身のことはそれとなく自覚していた気がするが、ある友人から「心の中に情熱があるよね!!」と言われることもあった。ただ、どう燃焼すればいいかわからない、という状態でいた。中学生になり、何だか黒板もよく見えなくなり、勉強よりも、他のことを考えていたように思う。

ただ、写生大会の絵を描くときは、「こんなに楽しいことがあるのか」と何とも嬉しかった。

とにかく、人のことはよく見ていた。ただ人の悪口は嫌い今も嫌い。人の口は軽く、裏切られることが多い。もし自分が人の悪口を言ったら、言った自分を責めてしまう気がする。だからせめて自分は悪口は言いたくないのかもしれない。だからか、おとなしく、いつも考え事をしていた私だった。

中学の修学旅行。東京を実際見て、実感。そのときから気分は東京。夢が大きく、とにかく首都・東京に行こう。旅行記を徹夜で楽しみながら書いた。

そして、私は何者かという探究心を持って、東京生活が始まった気がする。

私は人を信ずることができないのだろうか。ちょっと違うと思う。いや思いたい。自分を注意してくれる人、ほめてくれる人、怒ってくれる人、がいたら嬉しい、大事にしたい。自分のことを理解してくれる人だからだ。

今、心を割って話す友人がほしくてたまらない。

最終的に自分しか信じていないのはさみしすぎる。そんなことはないつもりなのだがそうかもしれない。いや、私だけでなく、多くの人が同じ思いでいるのかもしれない。

人を傷つけたくない。自分も傷つきたくない。このへんに理由があるのかもしれない。

やりとげた自分を感じてね

若い頃、「私は『いまニューヨークで自転車をこいでいる。心地よい風を感じている』と一日に何度も感じている」と言っていた友人がいた。

今その人はすでにアメリカで暮らしている。

いつも、「なりたい自分」を感じてみよう!!

その通りになるのだ。

本当の話なのだ。

WBCの野球ではないが、人はみんな感動を求めている。自分も感動を与える人になれるのだ。

野球をするんだ!!　と決めた人は、ドームにいる自分、観客のざわめき、マウンドの土の感じを、今、感じてみたらいい。必ず、その通りになる。

ひとりの成人式もいい

毎年、成人の日を迎えるとあの華やかな風景がテレビに映る。

なぜかパフォーマンスがよくある。ちょっとした事件になったりする場合もある。

せっかくの晴れ着姿も台無しになってしまう場合もある。

私が勝手に思うことだが、大勢の晴着姿はあまり美しいものには見えない。

お金をかけて晴着を来て大変ではないだろうか――。でもそれが楽しみなんですよね、きっと。

たとえば、結婚式は、主役がいるから、最も美しく、引き立てて、祝ってあげようと思うが、成人式はみんなが主役。皆さん、若い。それだけで充分美しい。

着物だけが目立ち、せっかく美しい本人が消えてしまっている気がしてならない。

もしかして「皆一緒だからいいかな⁉」って、皆が思っているとしたら、ちょっと情けない。私はそのような中のひとりにはなりたくない。

皆、友達と会うのが楽しみで、二次会も楽しみなのだろうか。

しかしながら何も、洋服でもいいのではないだろうか!!

みんなが晴着を着るから、私も着たい!!

気持ちはわかるようなわからないような……。

一応、貸衣装だったら、まだ許されるような。

ただ、ご家族ご家族で、様々なお考え、風習がおありかと思うので、私がぶつぶつ言ったところで仕方ない。

娘さんが主役となるわけだからね。

どうだろう。少し高価なスーツを着ていかれたら。

むしろ、凛とした成人の貫禄を――。写真に残すことができるのではないだろうか。

勇気のある人、是非やってみていただきたい。きっと後々も着ることができ、充分活躍してくれる洋服になることだろう。

いずれにせよ、久々にお会いできる同級生。

ここでロマンスが生まれることもあり、ですね。

人それぞれでいいのだろう。きっと。

実は、私はひとりで成人式をした。

これは、私にとっては貴重な体験になったのである。

教会で、ワンピース姿で、わずか7、8人に祝っていただいたが、すごく大切な日として、思い出に残っている。

よく考えると、私のような成人式もありだと思う。

私だけ!?

最近、年のせいか、つまらない。テレビに出てくる集団《グループ》。私だけかもしれない。若い人にはいいのかな!? 特に、女の集団《グループ》、いくつもあるようだが、いつも同じ集団《グループ》にしか見えず、美しささえ感じなく、つい、チャンネルを変えてしまう。

いつまで、可愛く、同じように踊っているのだろう。
私だけかもしれないが——。
男の集団《グループ》も正直同じように見える。
なぜだろうか？
私だけだろうか？
年なのだろうか？
街を歩く若い女の子も男の子も、素敵なんだけど。

いじめ、偏見

よく「出る杭は打たれる」という言葉がある。長い人生、出っ張る事もしばしばあった気がする。たまたま生活のため始めた営業の仕事だったが、何年後かして、同じたぐいの営業の会社で働いた。それがある女性に、私が営業経験がある、と知られただけでいじめられた。

女のいじめは陰険そのもの。電話をかけなければならない仕事なのに電話をかけられない状態にされた。とても細かく表現できないが——。

とにかく、電話をしなければ仕事にならないのだから……。

私は家に帰るしかなかった。その時はたまたま相談できる上司もいなかったから仕方がない。ひどい人がいると、あきれ返った。他にも何度か女性にいじめられた。ともかく、女性の場合は陰険なところがあり解決するのが難しい時がある。

こんなふうにかなり悩まされた事があったのだった。

同じ話題にしては大変申し訳ないが、あまりにひどい。偏見。いじめ……。

あの痛ましい原爆、子供の頃、被爆に合った子は、かなりの偏見のいじめにあった。とテレビで見た時、〝ビックリ〟した。同じ日本人同士でもこんな事があることを知った。

かなりのショックだった。

日本には偏見は昔から今に至るまで、いくつか残っている。偏見と思わず、それが当たり前のごとくの大人がいるから困る。他の国の人も同じなのだろうか。

いじめ、偏見される人はたいてい少数。いじめ、偏見をする人は多数。ここに大きな問題点があるように思う。いじめ、偏見する時まで人と同じ行動をとらなければならないのはどう考えてもおかしい。まだまだ残っている〝人と同じ方がいい〟という考えは少し改めた方がいいと思う。

一人ひとりの個人を大切にする社会でないとならないと思う。いじめ、偏見と気にも止めず、みんなと同じ行動をしているところに問題があると思う。よーく胸に手を当てて、自分でよーく考えて行動する、そんな勇気のある人が一人でも多い社会を願うばかり。

目からウロコ

あるニュース番組で〝日本ではなぜ給料が上がらないのか〟をテーマに話をしていた。その道に詳しい人が、「それは日本人は口に出して言わないからです。それではいつまで経っても変わりませんよ！」と言っていた。

なるほど‼　納得。

みんな毎日酒を飲んで裏でブツブツ文句ばかり言っている。

ひとりだけではないのだし、みんなで口をそろえて言うことが非常に大事だという話だった。何も言わないからこのままでいいのだと思われて、何も変わらない。

その通りだと思った。

もちろん、口に出して言わない方がいいことは世間には沢山あるが、これからの日本人は、

「言うべきことははっきり伝える」

これが大切ではないだろうかとつくづく思った。

泣き寝入りというか、黙っているのが美徳という時代はもう終わってもいいのかもしれない。男女の見解も大分変わるのではないかと思う。

そして、大切なことであるが、ＩＴ社会として今一つ世界に遅れているのは、ひょっとして、日本人がまわりくどくものを言うからではないだろうか。はっきりものを

言うようにするだけで、かなり進んでいくような気がするのだが――。

そこは別なのだろうか!?

もう少し、わかりやすく説明してもらえれば、覚えるのも少しは早くなり負担が減るのではないだろうかと思うのだが、いかがだろうか。

日本全体が、何かをチェンジしないと、なかなか、世界に追いつくことができず、遅れてしまうような気がするが、いかがなものだろうか。

反面、世の中ここまで変わると日本のわび、さびのように大事なことがどんどん失われる気がしてならない。

それこそ、心などなくなってしまいそうだ。怖い世の中である。

心のない社会には、必ず戦いが起こる。

確かに、言わないとわからない、伝わらないことがある。

言った方がいいか悪いかをきちんと判断して、はっきり伝えて解決できることもたくさんあるのではないかと思う。

今、WBCが盛り上がっている。メジャーリーグの選手は、ひとまわり大きく感じる。自己主張をし、言いたいことはきちんと口に出し伝えているのだろう。人に遠慮しない。伸び伸びと、ある面自分勝手にしなければ、伸びるものも伸びないですよね。

アメリカに行かれる選手が多い理由が、手に取るようにわかる。

ある日本人の女性スポーツ選手も、外国で自分の意見を求められて困った、と言っていた。日本人は自分の考えを主張することについて、もう一度考えた方がいいように思った。

日本中がリセットされた瞬間

コロナからやっと解放され、みんなで喜び合った野球。

みんなひとりの人間として、どんなに感動することができたのかと思う。

人はキカイではなく、心ある一人ひとりとして心が動いた。久々に帰ってきた心からの思い、まさに感じて、喜ぶ人の心があった。

人間として生まれて良かったと喜びに奮い立たされた時間でもあった。

コロナもようやく去り、神様が一人ひとりの心の中に贈り物をくださったかのように、みんながものすごく輝いていた。

人と人が信じ合う心、見つめ合う喜びを、改めて教えられ、歓喜の何ものでもなかった。

勝利したからこそ、喜びも感動もひときわだった。さすがに、監督の人間性も素晴らしく、多々教えられた気がする。

人間として忘れてしまっていた本来の姿がよみがえった気がした。みんなの心にスポットライト。心そのものが光っていた。何か教えられ、希望が与えられ、桜の開花と同時に新しい時代が生まれたシーンでもあった。

本当に〝感動を、ありがとう〟と叫びたい。

チャットＧＰＴが今話題になっているが、ＡＩにこのシナリオが書けるのだろうか！

最近の日本の応援

応援の声が大きくなった。

あの大物野球選手が言った言葉。

「皆さん、もっと大きな声で応援お願いします。できましたら〝もっと大きく〟」と言っていたのを思い出す。しかも何度も言っていた。彼の言動はかなり大きいと思う。

あのバスケットボールの選手にしても「皆様のおかげ」、高校野球にしても、応援がすごかった。選手の気持ちが変わるんですね。

それだけ気持ちが、心が、大切なんだと思う時、こんな時代にも皆の声援で本領発揮できる姿を見た時、いつの世も変わらない心があったことにどれ程かの安心感を覚えるのです。

『よかった!!』と。

変わらない心はまだ健在だと。最近のスポーツは目覚ましいものがある。楽しみ。

まだ続くコロナ

また第8派がやってきてしまった。

私自身は、コロナに関しては神経質でテレビの情報だけはかなり丹念に見てきている。残念ながら、職場でコロナ感染者が出てしまった。いざというときの行動、言動で、その人がわかる部分もある。

ここ最近、この事務所はこれでいいのだろうかと、かなり危機感を感じていた。10人弱の人数で、50㎡はあるだろうか。一応、一人ひとり区切られたしきりはあるのだが、みんなで電話の仕事をしているので、ずっとしゃべっている状態になっている。マスクを外している。朝10時から何の換気もなく12時になって食事をして、食後になってから、やっと窓を開けようとするのだが、開けたこともない窓にちょっとお手上げ。開け方がわからないから大変。苦労をしながら何とか窓を開け、少々やれやれ……。どこかでコロナに感染したからとかではないが、私の中では換気が一番大切ぐらいに思っていた。ああぁ……案の定、患者が出てしまった。

お昼で帰っていいですよという指示が出たにもかかわらず、誰も帰らない。そして、帰りに一緒にPCR検査に行こうと話している。

気持ちはよくわかる。給料が減ってしまうし。ただ、何もそんなときまで固まって行動しなくても……と思い、私はつい、「ひとりで行った方がいいんじゃない？」と口に出してしまった。

他の人からは、きっと、〝あの人変な人〟って思われたかもしれない。

みんなそんなことまで考えないだろうし、そこまで神経質ではないですよね、きっと。

というわけで、私自身はひそひそ電話で何とかPCR検査の予約ができたので、「みんな強いのね、私は神経質だからダメだわ。お先に」と言って帰った。

あの中でとても電話の仕事などする気になれなかった。

何とか陰性で——やれやれ。

ところが、結果がわかった次の日、なぜか熱が出て、困った、と思っていたら、37度までいって……カゼ薬を飲んだらすぐに下がり、夫にも移ることはなかった。のどは痛くなかった。

私は勝手に知恵熱だと思った。

大人の知恵熱があることに気づいた。本当にあるのだと調べることもできた。まさにストレス、そして腰も少し痛く、腰痛になりそうで怖かった。腰痛もストレスから来ることもあるんですね。

これで私自身は何とか安心、安心。

今のコロナはどこで移ったか考えても仕方なく、それこそ、あの事務所の空気の換気がすべてのように思うのだが——。

換気の大事さをわかっている人はどのくらいいるのだろうか。たとえ、ひとり暮らしでも、外出しなくても、換気をせずにコロナになった人がいるとテレビのニュースで聞いた記憶がある。

偉そうに書いたが、何の根拠もないただの知恵。怖いから換気が一番かと思うのですが――。もちろん、手洗い、消毒等々が大事。コロナだけは、理屈で考えても仕方ない。

コミュニケーションの大切さ

最近は、インターネット社会、何のコミュニケーションもなく、手段と目的に向かってしまう。これは非常に危険なことだと思う。

私の場合は、その人にお会いして、姿を見て、話をして初めてその人を信じることにしている。

実際に空気を感じ、その人に会わないと相手を、どこまで信じていいかわからない。

特に、現在の人は怖い。

まず、一度会ってから考えた方がいいと思う。思いもよらない事件が起きるのも当たり前。人は会って対話をして、この人なら大丈夫だと確認しなければならない。

人間としての基本だと思う。

それにしても、頭ばかり良くて何でも知っている人が多い中、大根の葉、ほうれん草の根っこぐらい知っていてほしいな!! 土に触れて、大根を抜いてみてほしい。楽しいですよ。

土をさわることで、人も少しは変わるのではないだろうか。心のつながりの大切さも学んでいただきたい。みんな一緒にできたら、より楽しくなりますよね。原爆ドームのように、実際にその場所に行ってみて、初めて感じる空気があるそうだ。人でも、その人の空気ってありますからね。その方の雰囲気は大切ですよね。

人って不思議

都営住宅に住みたい。

実際私が住み始めると、住所を伝えても、年賀状をくれなくなった友人がいた。その人はそれまでの人。

何も気にしていないが、私自身は。

日本人には変なところがある。

なぜ、都営に住む人を下に見たりするのだろうか。

たとえば、分譲マンションに住んでいるというだけで、何か〝オー!!!〟といった感じ。いい学校を出ているから……とか。

ちょっと変な考え方をするところがある。まあ、学校はわからないこともないが、IQがどうのこうのとか、それが何なの!? と思うのだが……。

もっと、大事なことがあると私は思っている。IQも大事だとは思うけど、EQも大事なことなのではないだろうか!?

IQが高いと高ぶるのはやめてほしい!! 私にとってはいつも心が一番である。

喧嘩はやめて

仲のいい同僚二人。時々言い合いになる。それだけ心許し合っているのだから別にいいと思うのだが——。

それがエスカレートして、とんでもない大喧嘩になり、いつまでも言い合って止まりそうもない。どんどんエスカレート。それもつまらない話題なのだった。二人の間にいた私は、

「ねえ、どっちかが謝れば、それで終わりじゃない!」と言ったのだった。それでもまだ喧嘩は続いていた。

どうも人は謝るのがいやなのだろうか?

いつまで言い合っても平行線。お互い同じレベルにしかならない。

このような場合は、謝った方がレベルが上だと私は思う。疲れるだけ。つまらない

事にエネルギーを使いたくないと思う。
皆様は、どう思われますか？

柄に魅せられて

ある日、布団屋さんの入口に布団の端切れの布が売っていて、〝なんとも素敵な柄！〟と魅せられたことがある。着物柄とほとんど近い柄なのだが、物はすべてが木綿で、なんとも使いやすく、安価なのだ。

大胆なものもあれば、細かい物もあるが、魅せられた柄は確か大胆だった気がする。微妙に着物とは柄が違っていた気がする。花、蝶、葉っぱ、一つひとつ切っては独特の柄をつくり、Ｔシャツに貼りつける。その作業が始まると、寝ることも忘れ、夜中に没頭。時間はまたたく間に過ぎるのだった。自分だけのオリジナルができると、なんとも言えない達成感と、満足感でいっぱいだった。

実は、そのためもあり、メルカリはなんとしても覚えたかったのだった、が。

残念なことに、今布団屋さんはほとんど廃業、お店はあっても端切れ布は、さすがに置いていない。私の楽しみはひとつ消えてしまった。

しかしながら、今は雑貨も豊富。オリジナル作品は何でもできそうだ。

時々、布団の柄が恋しくなるときがある。なんだか柄の中に吸い込まれている自分がいたのだった。忘れられない布団の柄。まさに、昭和そのものの柄だった気がする。

メルカリのすすめ

キカイオンチの私だが、何とかメルカリだけは、覚えたいと思いスマホに変えた。

あと他は、電話とメールだけできればいいかなと思ってのことだが。

コロナでお家時間が増え、何とか、自分を律するためにもメルカリを意地で覚えた。

しかし、いまだ、購入方法はわからない。

2時間の講習を受け、何とか出品までこぎつけることができたのだが、急に注文が入り、あせった。

QRコードが出せない、出てこない。

あせっても誰も教えてくれない。必死だった。何とか何とかクリア！

ヤッター!!

品物も送ることができ、今は44もの数のいらなくなった自分の物を知らない人に買っていただき、ちょっとした小遣いが貯まりメルペイで買い物ができるようになった。

楽しいし、小遣いが入る。知らない人とつながっているのが何だか楽しい。

最初は、何か自分で作って販売してみようと思ったのだが、自分のいらないものがいっぱい。おかげで、少しずつ余計な買い物をしなくなった気がする。

ちなみに、できるのはメルカリだけだが（笑）。老後のためにもどうだろうか。

自分にきびしいことは大事

食べ物、運動などに関して、ある程度きびしくしないと病気になるのは当たり前。太るのも当たり前、だと思う。

あまり偉そうなことは言えないが、習慣、性格、もちろん身体の体質等もみんな違うので、当然自分にきびしい部分も違ってくるように思うが。

大事なのは健康なので、食事、運動は自分に対してきびしくすることは大切なことだと思う。

何に対しても相手にきびしい人は、案外自分に甘いといえるかもしれないと思ったりもするが、まず、できたら自分にきびしくありたいものだ。心の面でも。

よく、ストイックとかいうが、

まあ、無理のない程度に――。

心は常に動いている

自分ほど頼りにならないものはない。常に動いている心に振り回されている。私だけだろうか。時々、人のことをメチャクチャ思ったりする。

次から次へと心に波が押し寄せる。

朝の目覚めで自分の気持ちをコントロールする。目が覚めると現実の世界だが、夢の中の自分と別世界、現実の方が幸福なときとそうでないときがある。ぐるぐると心が周りの状態に振り回されている自分がいる。

ただ、誰もが寝るから生きていられるのだと思う。

時々は別世界で心をリセット！　だから本を読んだり、映画を見たり、旅行をしたりと、人は心をコントロールしながら生きているのかもしれない。

本当につらいときには、思いっきりリフレッシュしてみたらいいのではないかと思う。

今まで経験しなかったことに挑戦。たとえば海に潜って海の世界に入ったり、登ったことのない高い山で地上を眺めてみたり、いかがだろうか。

刺激

人は刺激があって、新しい自分が生まれてきているようにさえ思う。

何歳になっても刺激を求めている。ストレスは、場合によって心と身体の栄養でもある。

どんなつまらない話でも、毎日誰かと話す事は、すごく人間らしい。だから元気になる。

初めてのお店に入ったり、知らない所へ行ってみたり、新しい服を着て、気分の刺激、映画を見たら超刺激。

毎日同じ頃、電話が来る友だちがいる。毎日、電話来るかもしれない、と待っている。

刺激としてはお互いに貴重な存在になる。本当につまらない話をするんですけどね。

これが生きる活力になる。大切なことかもしれない。

そう、よくよく考えると、怒られるのも刺激、新しい自分が生まれている瞬間かもしれない。失恋も、もしかして大きな大きな心の成長剤かもしれません。

解釈ひとつで、先の人生は変わってくると思う。めげずに何でも何度も挑戦。

刺激があるからおもしろい。

どんなくだらない話でも、人と話ができることはとっても素晴らしい。

こんなにいい刺激はない。ひとりじゃないことはやっぱり素晴らしい。

あとがき

私の散文を読んでいただき、感謝の気持ちでいっぱいです。

人は根本的にはひとりでは生きていかれないと思いますが、ひとり住まいをしている人は少なくない、特に都会には多いように思います。もちろん、ひとり生活をエンジョイしている人もいると思います。

私はひとり生活は苦手です。そのくせ、ひとりでいたいときがあります。

何と、私はぜいたくな人間なんだろうと思います。

また結婚について書かせていただきましたが、長い人生、一度はなさってみた方がいいと思います。あくまでも私の考えです。昭和の人たちには『結婚して子供を産んで一人前』という考えが、割に浸透しているように思います。それも一理あるかな!!と思います。

世界では、戦争や地震等で生命が失われている中、日本は平和です。

生命だけは大切にしましょうね。

ところで、感動しながら生きるって素晴らしいですよね。今、私自身の心の中を覗いてみたら、何と言っても、書きたいことを書けることに喜びを感じています。

これが、何よりの感動です。生きがいです。

近頃では、書きたいことがフツフツと心からあふれてきます。楽しさそのものです。

かつては不安定そのもので、何の自信もありませんでした。

ただ、生まれつき、心が豊かなんです。

それゆえ、心はいつも穏やかでないんです。ですが、だからこそ、他の人の苦しみもわかってあげられるように思います。思っていることを紙に書いてみてください。心がスッキリします。自分のことがよりよくわかる気がします。ぜひ一度やってみることをお勧めしたいです。

コロナが流行したこの3年ほど、みんな苦しかったと思います。

トンネルを抜け、春の桜とともに、本当の春がやってきました。

人生も、少ーしがまんすれば、時間が解決してくれることって、けっこう多いように思います。納得できるまで、人生生き抜いてまいりましょう。

読んでいただきまして、

心から感謝申し上げたいと思います。

〈著者紹介〉

牧田恵（まきた・めぐみ）

1972年、長野県より上京。ひとりの生活が始まった。
最近では、まわりの人から“天然”とよく言われる。そんな今の私は素晴らしいと思っている。これまで、ギリギリ生きて来た気がする。現在では、書く楽しみを実感している。

ひとりで生《い》きてゆけるかな

2023年12月22日　第1刷発行

著　者　　牧田恵
発行人　　久保田貴幸

発行元　　株式会社 幻冬舎メディアコンサルティング
〒151-0051　東京都渋谷区千駄ヶ谷4-9-7
電話　03-5411-6440（編集）

発売元　　株式会社 幻冬舎
〒151-0051　東京都渋谷区千駄ヶ谷4-9-7
電話　03-5411-6222（営業）

印刷・製本　中央精版印刷株式会社
装　丁　　弓田和則
本文制作　森貝聡恵（アトリエ晴山舎）

検印廃止

Printed in Japan
ISBN 978-4-344-69020-2 C0095
幻冬舎メディアコンサルティングＨＰ
https://www.gentosha-mc.com/